Die Safari der Versuchung

Erotische Kurzgeschichten für Frauen
Teil 1

Mia Rose

INHALT

Eine Reise der Versuchung

Linda und Marie sind zwei Freundinnen, die sich schon aus Kindergartenzeiten kennen. Doch die Freundschaft hängt an einem seidenen Faden, als Marie auf einer Reise nach Namibia den charmanten Piloten James kennenlernt, der sie nach Strich und Faden verführt. Doch auch Linda verbindet etwas mit James, nämlich eine sehr schmerzhafte Vergangenheit und ein Geheimnis, welches sie jahrelang für sich behielt …

Eine neue Bekanntschaft

„Wenn du jetzt nicht endlich kommst, dann werden wir den Flug verpassen!", ruft Marie entsetzt und zerrt an ihrem Koffer. Sie eilt zum Schalter der Namibian Airline und auf einmal sieht sie einen Mann durch die Halle eilen. Knackiger Arsch, runde Hüften und noch dazu einen blonden Wuschelkopf. Das könnte doch genau ihr Typ sein. Sie sehnte sich nach einer leidenschaftlichen Affäre, nach einem erotischen Abenteuer und einer Liebesgeschichte, die besser ausgeht als die von Mischa und ihr. Doch sie hatte alle Hände voll zu tun, ihre Freundin Linda einzuholen, die nun endlich die Beine in die Hand nahm und ihren Koffer eincheckte. Gemeinsam schlenderten die beiden Freundinnen zur Passagierkontrolle. Die kleine pinke Handtasche hatte Marie lässig über die Schulter gehängt. „Endlich Urlaub", raunte sie Linda zu.

Endlich Abstand von Mischa, dem Ex, der ihr immer noch hinterher schnüffelte. Zwei Stunden später waren die beiden Frauen hoch oben in der Luft. Sie hatten Frankfurt hinter sich gelassen und ihre Heimatstadt Mainz sowieso. 14 Stunden sollte der Flug dauern, bis sie die Hauptstadt Windhoek, im fernen Namibia, erreichen würden. Während des Fluges hatte Marie ihre besondere Lektüre mit, einen Erotikroman, der sich um eine Liebesbeziehung zwischen zwei schwulen Männern handelte. Sie wollte schon vor dem Urlaub abschalten und den Flug ohne Handy und dauerhafte Erreichbarkeit so richtig genießen. Als die Flugbegleiterin ankam und ihr einen Tomatensaft brachte, atmete sie tief ein und genoss den Blick über das Wasser, welches sie gerade überflogen.

Am nächsten Morgen erreichten Sie Windhoek, welches von einer wüstenähnlichen Landschaft umgeben war. Von hier aus waren es nur 35 Minuten Fahrzeit bis ins Zentrum. Verschlafen schaute Marie aus dem Bus, der sie zu dem Hotel bringen sollte, in dem die beiden Damen eingecheckt hatten. Drei Tage würden sie in der Hauptstadt des Landes verbringen, bis es weiter ging an die Atlantikküste, nach Swakopmund. Im Bus saß dieser heiße Mann, den sie schon am Flughafen gesehen hatte, plötzlich direkt eine Reihe hinter Marie. Er hatte eine Pilotenuniform an und zwinkerte ihr leidenschaftlich zu. Marie schmolz dahin. „Dieser Blick", dachte sie träumerisch, und erwiderte sein Zwinkern mit einem süßen Lächeln. Auch er musste in das Hotel unterwegs sein, in das sie zeitnah einchecken würden.

Der kleine Bus hielt direkt vor einem riesigen prunkvollen Eingang und Marie nahm ihre rosa Handtasche und zog Linda hinter sich her. Für die Koffer kamen einige Pagen angerannt, die sofort alle Gepäckstücke auf die jeweiligen Zimmer beförderten. Heute konnte die beiden Damen nichts mehr stören, kein Ausflug in die Shoppingcenter der Stadt sollte sie von ihrem Plan abbringen, endlich am Pool zu liegen und die klebrige Wärme ihrer Körper loszuwerden. In Frankfurt waren noch kühle 13 Grad, hier dagegen schien die Sonne heiß und dampfend auf das Land herab. Und das lag nicht nur an Maries Piloten, der ihr nicht mehr aus dem Kopf ging, seit sie ihn erneut im

Bus angetroffen hatte. Auch das war ein Grund, weshalb die heutige Shoppingtour ohne sie stattfinden sollte. Marie schlich in ihre Suite und konnte ihren Augen kaum trauen. Zwei riesige, altertümlich eingerichtete Zimmer waren hinter einer blanken Holztür versteckt. Linda war, kurz nachdem sie den Koffer geöffnet hatte, auf einmal verschwunden.

Die Suite war herrlich. Eine Gästetoilette war im vorderen Bereich untergebracht und im hinteren befand sich ein geräumiges Bad. Daneben grenzte das Schlafzimmer an, mit einem riesigen Doppelbett und einer Panzer-grünen Tagesdecke. Die Schränke passten zu dieser dunklen Farbe, die überall in den Räumen zu finden war. Wenn man nicht wusste, dass dies hier Afrika war, stellte man sich vor, im Hilton in einer Luxussuite zu sein. Sie legte sich auf das breite Bett und fiel in einen tiefen und festen Schlaf.

Als sie die Augen aufschlug, dämmerte es bereits. Rund um den Äquator ging die Sonne eher unter als im frostigen Deutschland in den Sommermonaten. Marie fragte sich, wo Linda so lange blieb, denn das andere Schlafzimmer in der Suite war nicht benutzt worden, die Bettdecke lag genau wie bei der Ankunft exakt zusammengefaltet auf dem Bett.

Ob sie gleich an den Pool gegangen war? Marie würde sofort nachschauen, doch ihr fiel ein, dass sie gar nicht wusste, wo der Pool genau lag. Vielleicht in der Nähe des Eingangs oder auf der Rückseite des Hotels? Sie schlenderte den langen, schmalen Gang entlang, bis sie am Ende davon einen Aufzug erreichte. Als sich die Türen dort öffneten, fiel sie dem Piloten fast in die Arme. Sie erschrak und gab einen Seufzer von sich. „Hoppla, die Dame, man sieht sich immer zweimal im Leben, bei uns war es nun schon das dritte Mal und das innerhalb von 24 Stunden." Er lachte freundlich und wenn er den Mund verzog, bildeten sich kleine Fältchen an seinen Wangen. Das alles fand Marie sehr erotisch und in ihrem Unterleib fing es zu kribbeln und zu beben an. Was hatte dieser Typ nur an sich?

Sie schaute ihn an und brachte kein Wort über die Lippen. Als er schon Anstalten machte, den Aufzug zu verlassen, rief sie ihm nach. „Entschuldigen Sie, ich suche den Pool des Hauses." „Wie dumm klang das denn?", dachte sie und wollte sich auf die Zunge beißen. Doch die Worte sprudelten nur so aus ihr heraus. Ihr Gegenüber grinste sie schelmisch an und meinte, sie solle ihm folgen, denn auch er könnte ein kühles Bad vertragen. Und so lief Marie ihm hinterher, wie ein treuer Hund, und gelangte am Ende des Gangs zu einer Glastür. Hier ging es auf die Terrasse und zum Pool. „Ich kenne das Hotel so gut wie meine Westentasche. Immer, wenn ich hier Station mache, kommen wir in dieses Hotel, was natürlich sehr zentral zum Windhoeker Flughafen liegt." Wenn er sprach, schnalzte er ab und zu mit seiner Zunge und knabberte mit seinen Zähnen an der Unterlippe. Auch das fand Marie sehr faszinierend. Die beiden nahmen zwei Liegestühle nebeneinander und waren bald in ein langes Gespräch vertieft. Als Marie ins kühle Nass sprang, kam er hinter ihr her und bevor sie sich versah, schwamm sie in seine Arme. Sie berührten sich an den Händen und dann folgte ein leidenschaftlicher Kuss. Sie wussten nicht die Namen des anderen, doch die Leidenschaft kochte in beiden hoch und bald waren sie eng ineinander verschlungen.

Er war heiß, hatte einen gut gebauten Körper, wunderschöne, grünliche Augen und einen blonden Wuschelkopf. Er schien Mitte 30 zu sein, Marie dagegen war erst 29 und hatte eine unglückliche Beziehung hinter sich. Doch war es das Richtige für sie, sich in einen Piloten der Namibian Airline zu verlieben? Sie redete sich ein, dass es nur eine heiße Affäre sein würde, solange sie in Afrika wäre. Und was in Afrika passiert, bleibt in Afrika. Sie küssten sich innig, er spielte mit ihrer Zunge. Auch sie stieß sie ihm in den Mund. Sie massierte seinen Nacken mit den Fingern und beide tauchten unter. Dort küssten sie sich wieder innig und machten ihr Liebesspiel unter Wasser weiter. Er fing an, Marie den Bikini zur Seite zu schieben, doch was sollten die anderen Hotelgäste darüber denken? Marie entzog sich ihm und schlug vor, in die Suite zu gehen. Sie dachte jedoch nicht daran, dass Linda da sein könnte.

Als er sie fragte, ob sie allein unterwegs war, verneinte sie und dann schlug er vor, in sein Hotelzimmer zu gehen. Das war nicht so pompös wie die Suite, doch es hatte alles, was man brauchen konnte. Ein Metallbett mit Gitter und eine seidenweiche Bettwäsche, in der der wohlige Körper versank. Er zog Marie unter die Dusche und entkleidete sie vollständig. Marie dagegen nahm sein Glied in die Hand und drückte sanft zu. Ein Seufzen entfuhr ihm und dann nahm er ihre Hand und rieb sie stärker an seinem prallen Schaft entlang. Marie sah zu, wie er anschwoll und genoss den Anblick. Seit der unglücklichen Beziehung mit Mischa hatte sie keinen solchen Spaß mehr gehabt. Sie betrachtete wehmütig diese Situation. Wie hätte Mischa jetzt reagiert?

Doch sie musste endlich von ihm wegkommen. So viele Wege waren noch offen.

Sie genoss das Summen in ihrem Unterleib, die wunderschöne und einzigartige Vibration, die von ihr ausging. Natürlich war James hübsch, ein wahrer Sunnyboy.

Ist es Liebe oder Leidenschaft?

In der Ecke stand sein Koffer und er holte eine Packung Windlichter und eine Packung Kondome daraus hervor. Mit einem geübten Handgriff zog er das Feuerzeug aus seiner Hemdtasche und zündete 7 Kerzen an. Der Raum erleuchtete in einem matten Licht, überall glänzte es. Marie schwebte auf Wolke 7. Liebe war das definitiv nicht, die sie für den Mann empfand, doch pure Leidenschaft. Er nahm ihre Arme, zog sie nach oben und küsste sie stürmisch. Dabei ließ er seine Zunge in ihrem Mund tanzen. Tausende Lichter explodierten vor ihren Augen, als er in sie eindrang.

Er hatte das Kondom mit einem geübten Griff über seinen Penis gezogen, so schnell, dass sie es kaum mitbekommen hatte. Sie liebten sich und bewegten sich in einem Rhythmus der Leidenschaft. Er lag auf ihr und sie empfand sehr viel für ihn im Moment. Sein Schaft schien ihre ganze Scheide auszufüllen, als sie zu einem riesigen Orgasmus kamen. Beide fielen in sich zusammen und blieben nebeneinander erfüllt liegen.

Beide vergaßen die Zeit, denn im Liebestaumel gab es nur Marie und James. Sie vergaß, sich bei Linda zu melden, die sich wohl schon Sorgen um ihre Freundin machte. Auch das Abendessen war bereits vorbei, als die beiden Turteltauben gegen 21 Uhr fertig waren und Marie einen kurzen Blick auf ihre Smartwatch warf. Fünfmal hatten sich die beiden im Hotelzimmer von James geliebt, bevor sie sich nun wieder trennten und sich Marie auf den Weg machte und Linda suchte.

Das Flugzeug war 8:39 Uhr Ortszeit gelandet und seit der Ankunft 10 Uhr morgens im Hotel hatte sie Linda nicht mehr gesehen. Marie verließ James ohne ein weiteres Wort und rannte nur mit dem Bikini begleitet in die Suite zurück. Linda saß auf der Couch, vertieft in einen ihrer Liebesromane und blickte kurz auf: „Da bist du ja endlich, Liebes, ich habe nach dir gesucht, wo hast du gesteckt?" Sie sah säuerlich aus.

Marie hatte nun ein schlechtes Gewissen. So sollte sie doch froh sein, das Linda mit ihr die Reise unternommen hatte, nach all den schlimmen Momenten nach der Trennung von Mischa. Die beiden Freundinnen wollten mal ausspannen und die Zeit zu zweit genießen und was machte Marie, sie warf sich dem erstbesten Piloten an den Hals und verbrachte einen ganzen Tag getrennt von Linda. So sollte der Urlaub der beiden Freundinnen nicht aussehen. Das schlechte Gewissen plagte sie und sie berichtete von James: „Er ist heiß, sexy und gut im Bett". „Du warst mit dem Erstbesten hier in der Kiste?" Sie war fassungslos. Sie wollte ihn wiedersehen und stellt sich heiße Liebesnächte mit ihm vor, egal, ob hier in dem Hotel, in der Savanne oder vielleicht sogar irgendwo im Flugzeug. Hauptsache, sie sah seinen durchtrainierten Körper, die wuchtigen Arme und das unrasierte Gesicht.

In der Nacht hatte sie einen heißen Traum von ihm. Linda hat sich am Abend wieder beruhigt. Sie gingen zusammen in die Bar des Hotels und am nächsten Tag stand fest, dass auch Linda den hübschen Piloten kennenlernen wollte. Marie träumte von einem Ausflug in die Serengeti mit einem Jeep:

„Nur Linda, James und ich. Wir mieteten einen Wagen und fuhren an ein Wasserloch.

Als die Leoparden am Nachmittag dort tranken, genossen wir das Ambiente, suchten uns einen Baum und liebten uns dort leidenschaftlich. James spielte an meinen Brüsten herum und schon packte mich die Leidenschaft wieder. Doch als wir fertig waren mit unserem Liebesspiel, war Linda verschwunden.

Wir suchten sie, doch auf einmal standen wir mitten in der Savanne und das Auto war verschwunden. Ich geriet in Panik und James ebenfalls. Wir hatten uns verlaufen und Linda war ebenfalls verschwunden. Wir liefen weiter und weiter, doch ich wusste aus Büchern, dass wir ohne Kompass verloren waren. Als wir an einem Waldrand ankamen, kam uns eine Elefantenherde entgegen. Wir bauten uns aus Reisig ein Bett, doch als die Nacht hereinbrach, froren wir sehr, denn wir hatten keine Decken und nichts mitgenommen. Auf einmal sahen wir einen Lichtschein und Linda kam mit dem Jeep angefahren. Wir hätten diesen schon längst zurückbringen müssen. Sie war sauer auf uns und meinte: „Da bist du ja endlich, Liebes, ich habe nach dir gesucht, wo hast du gesteckt?" Und ich erzählte ihr, dass ich mit James geschlafen hatte. Sie war sauer. Mit einem Ruck wachte ich auf."

Ein Lichtschein von den Straßenlaternen fiel in die Suite. Marie, die darüber nachdachte, was gerade in ihrem Traum vorgefallen war, ging zur Toilette und stellte sich vor, wie James wenige Wände von ihr entfernt friedlich schlief. Morgen würden sie zusammen einen Ausflug nach Windhoek machen. Dann würde Linda ihn auch kennenlernen. Sie schlief kurz darauf wieder ein und als sie erneut aufwachte, schien die heiße afrikanische Sonne in den Raum.

Beim Frühstück trafen die beiden Damen auf James, der an einem kleinen, runden Tisch im Restaurant saß. „Dort sitzt er", raunte Marie Linda zu. Als sie ihn sah, wurde sie weiß im Gesicht. Marie starrte sie an und fragte, was denn nun jetzt los sei und ob alles in Ordnung wäre mit ihr. Und dann meinte sie ganz aufgebracht, ob Marie den Mann meinte, der allein an dem runden Tisch säße. Sie nickte und Linda verließ den Raum schnurstracks. Marie lief ihr hinterher, wobei sie fast einen Laufschritt anschlagen musste, um ihr folgen zu können.

Als sie sie auf der Damentoilette weinend antraf, fragte die Freundin Linda, was denn nun los sei, und sie erzählte ihr, dass sie diesen Mann nur zu gut kannte. Damals, als sie vor 7 Jahren ihr Auslandssemester in London machte, lernte sie ihn kennen. Er studierte damals an ihrer Universität. Eine leidenschaftliche Liebesbeziehung entspann sich zwischen den beiden. Zwischen den Vorlesungen trafen sie sich auf dem Unigelände, hatten Sex auf den Toiletten und nach einigen Wochen zog er bei ihr ein. Eigentlich war es nur eine Affäre und Linda suchte jemanden für ihr leeres Zimmer in der großen Wohnung nahe der Uni. Doch irgendwann verliebte sie sich in ihn. Er musste irgendwann abreisen und gab ihr seine Telefonnummer. Doch sie verlegte sie. Es war kurz vor Ende des Semesters und sie flog 2 Wochen später wieder nach Frankfurt zurück und hinterließ an der Uni eine Nachricht für ihn, doch er meldete sich nicht. Wieso erfuhr Lina nie, denn sie sah ihn nie wieder. Er kam nicht aus Frankfurt, sondern lebte irgendwo in der Nähe von Hamburg, doch in welchem Ort genau, hatte sie sich nicht gemerkt. Und wie sollte sie es auch schaffen, ihn in einer Kleinstadt ausfindig zu machen, dafür müsste sie dorthin reisen und an jeder Haustür klingeln.

Ihr kam das Lied „Mendocino" in den Sinn von Michael Holm. Irgendwann gab sie es auf. Damals gab es noch kein Internet oder Facebook, wo man sich adden konnte. Sie kehrte mit gebrochenem Herzen an ihre alte Uni in Mainz zurück und vergaß James nie. Er war der Grund, weshalb sie keine feste Beziehung mehr bis heute hatte. „Dann war James deine große Liebe, von der du mir so oft erzählt hast?" Marie merkte, dass sie nie den Namen von Lindas Geliebtem gehört hatte. Und deshalb konnte sie nicht wissen, wer James wirklich war. Dummerweise hatte sich nun auch Marie in den schönen Piloten verliebt. Doch das konnte sie Linda nicht unter die Nase reiben. Was sollte sie nur tun? Vielleicht doch lieber ihre Sachen packen und mit dem nächsten erotischen Piloten Richtung Heimat aufbrechen? Marie war am Ende ihrer Vernunft angelangt. Sie wollte die heiße Nacht mit James nicht einfach so vergessen, doch sie konnte auch Linda nicht antun, ihn weiter heimlich zu treffen.

Sie rannte in die Suite und schmiss sich weinend aufs Bett. Statt die Geschichte mit Mischa zu verarbeiten, hatte Marie sich gleich wieder den nächsten Ärger gemacht. Sie nahm ihr Buch mit den beiden schwulen Männern, doch sie konnte sich nicht konzentrieren. Nach zwei Seiten vergeblichen Lesens legte sie es auf den Nachttisch und ließ sich Wasser in die Wanne ein. Auf einmal klopfte es an die Tür. Marie öffnete und James stand davor. Sie packte ihre Leidenschaft und schon lag sie James wieder in den Armen. Er ließ seine Zunge in ihrem Mund tanzen und ihr Unterleib fing an zu kribbeln. Außer Atem waren beide nach kurzer Zeit schon, als sie sich rittlings aufs Bett fallen ließen. „James, ich muss mit dir reden", meinte Marie, doch er legte ihr den Zeigefinger auf die Lippen und dann streichelte er sie ganz sanft zwischen den Beinen. Er war so sanft. Immer näher kam er an ihre Scheide heran, bis er langsam mit seinem Finger eindrang und dann immer schneller wurde. Marie war immer noch außer Atem. Ihr Unterleib fing an zu vibrieren und schon hatte James ein Kondom aus der Hosentasche genommen und geübt übergezogen. Die beiden küssten sich weiter und streichelten sich zärtlich. Er nahm eine ihrer Brüste zwischen die Lippen und liebkoste sie. Irgendwann beugte sie sich zu ihm hinab und nahm sein Glied zwischen die Lippen. Sie fing an, es leicht zu blasen, bis er nach einer Ewigkeit einen Schrei ausstieß und sich in ihren Mund ergoss.

Die Leidenschaft der beiden war entflammt, als auf einmal die Tür aufging und Linda da stand. Marie krallte sich ihre Bluse und auch James schaute ziemlich verdutzt aus der Wäsche. „Linda, bist du es?", fragte er panisch. Und dann ging alles ganz schnell. Linda holte ihren Koffer, riss ihn fast entzwei vor Wut, schmiss alles in Windeseile hinein und verschwand aus der Suite. Marie blieb traurig drein blickend zurück und auch James war verwirrt. Marie erzählte ihm die Geschichte, die sie von Linda erfahren hatte. „Ich habe meine beste Freundin verraten", sagte sie traurig und James wandte sich zur Tür. Als er weg war, fing Marie an zu weinen. Sie wusste nicht, wieso James solch eine Wirkung auf sie ausübte, und nun hatte sie auch noch ihre beste Freundin verloren. Ihren Frust wollte sie an der Hotelbar hinunterspülen. Eigentlich wollte Marie heute mit Linda und James nach Windhoek fahren, um einige Läden unsicher zu machen. Linda war nun verschwunden. Marie nahm an, dass sie sich irgendwo in einem anderen Zimmer im Hotel die Augen ausweinte. Toller Urlaub!

Besondere Reize, besondere Sinne

Marie wollte nun trotz der Widrigkeiten nach Windhoek zum Shoppen fahren. Dass aber Linda oder James dabei sein würden, schlug sie sich aus dem Kopf. Voll bepackt kam sie mit zahlreichen Tüten zurück. Man sah ihr an, dass sie Frust geschoben hatte, und wenn sie mit den Teilen zu Hause ankam, würde sie wohl die Hälfte gleich zum Kleidercontainer schaffen. Aber das war ihr im Moment egal. Als sie an den Pool kam und gerade den Hoteldirektor fragen wollte, wo Linda eingecheckt hatte, sah sie Linda und James am Pool sitzen.

Sie traute ihren Augen kaum. Die beiden saßen auf den gleichen Liegestühlen wie Marie gestern mit James. „Er gehört mir nicht und wir hatten nur zweimal besonderen Sex, mehr nicht". Genau das sagte sich Marie und dann trat sie vor die beiden. „Es tut mir leid, raunte sie Linda zu", doch diese würdigte sie keines Blickes.

James nahm Marie zur Seite und erklärte ihr, dass er alles mit Linda geklärt hätte. Das alles, was sie erlebt hatten, war mittlerweile schon über 10 Jahre her und James hat keine Gefühle mehr für Linda. Sie dagegen hatte sich gleich auf den ersten Blick wieder in ihn verliebt. „Dumm gelaufen, würde ich sagen", so James. Doch Marie wollte wissen, wie es nun weitergehen sollte. „Linda reist morgen ab", sagte er. Marie war schockiert. James erzählte ihr, was damals wirklich vorgefallen war.

Dass er zu seiner Familie nach Hamburg musste, weil seine Mutter krank geworden war, die dann auch einige Zeit später verstarb. Danach ist er zusammengebrochen und hat viele Monate gebraucht, um sich wieder aufzuraffen. Er ist nie nach London zurückgekehrt, stattdessen hat er sein Studium als Pilot in Hamburg nach einem Jahr wieder aufgenommen. Die Nachricht, die Linda hinterlassen hat, hätte ihn also nie erreichen können. Er wollte sich bei Linda melden und rief in ihrer Wohnung mehrmals an, doch nie ging jemand an den Apparat und irgendwann kam „Kein Anschluss unter dieser Nummer". James verfolgte sein Ziel, Pilot zu werden, und mit der Zeit verschwand auch die Sehnsucht nach Linda. Er baute sich in seiner Heimat ein Standbein auf, flog um die Welt und einige Jahre später zog er nach Frankfurt, weil er dort ein lukratives Jobangebot bekam. Für Namibian Airlines arbeitete er nur einige Monate als Aushilfe, danach ging er zurück zur Lufthansa. Marie hörte ihm aufmerksam zu. Es war so viel Zeit vergangen, seit sich die beiden das letzte Mal gesehen hatten.

James hatte sogar in dieser Zeit eine vierjährige Beziehung. Doch da er ständig unterwegs war, zerbrach diese, weil seine Frau sich eine Familie wünschte und ein Kind. James war wohl nicht der Mann, der Kinder wollte. Er wollte seinen Spaß. Er verführte Marie nun am Pool. Wie am ersten Tag küssten sie sich im lauwarmen Wasser. Sie blieben bis abends am Pool liegen und betrachteten die Sterne am Himmel „Das dort oben ist das Kreuz des Südens, ich suche es immer, wenn ich auf der Südhalbkugel bin, und es gibt mir Trost", sagt James. Natürlich kann man es nur hier sehen, nicht auf unserer Halbkugel. Es war schier romantisch, wie die beiden auf den Liegestühlen saßen und sich an den Händen hielten. Als es schon nach 23 Uhr war, gingen beide zu James auf das Zimmer. Sie liebten sich wieder heiß und innig. James war ein fantastischer Liebhaber, er wusste genau, wo die Stellen waren, die Marie zum Beben brachten. Er biss ihr ganz leicht ins Ohr und sie stöhnte auf. Sie nahm ihre Hand und erregte James, doch beide wollten sie an diesem Abend keinen Sex mehr haben. Sie waren zu erschöpft von all den Dingen, die hier passierten.

Marie ging am nächsten Morgen kurz nach dem Frühstück zur Rezeption. Mittlerweile war schon lange klar, dass sie auch James nach dem Urlaub wiedersehen würde. Immerhin lebte sie in Mainz und er in Frankfurt, also nicht weit voneinander entfernt. Doch vorher musste sie mit Linda reden. Die beiden kannten sich, seit sie in der Grundschule gewesen waren, und nie wollte sie ihrer besten Freundin wehtun oder gar den Mann ihrer Träume wegschnappen. Linda stand wie ein Häufchen Elend mit ihrem Koffer in der Lobby, als auch schon ein Taxi ankam und sie abholte. Marie rannte auf sie zu, doch sie schaute sie böse an und stieg ein, ohne ein Wort mit ihr zu wechseln.

An diesem Tag fuhren James und sie mit einem Jeep durch das Land. Sie erforschten die umliegenden Gebiete von Windhoek. James hatte bei der Airline angerufen und um 5 Tage Urlaub in Namibia gebeten. Die Airline hatte ohne Probleme zugestimmt und so machten sich die beiden nach ihrem 3-tägigen Aufenthalt zusammen auf den Weg an die Atlantikküste. Auch hier wollten sie noch 3 weitere Tage verbringen, bis sie zu ihrer Safari aufbrachen. Der Abend war wieder lau und die beiden saßen eng umschlungen am Pool des Hotels. Hier hatte immerhin alles angefangen. Da im Moment keine Gäste in der Nähe waren, schnappte James Marie und die beiden verschwanden hinter einem kleinen Busch. Sie liebkosten sich, küssten sich und dann zog er Marie den Slip aus. Es gab nichts Schöneres als Sex unter freiem Himmel.

Marie war so richtig in Stimmung. Sie liebkoste James Schaft, bis er anschwoll, und dann legte sie ihre Lippen so langsam wie möglich um das Glied. Es war einfach ein fantastischer Abend. Die Sterne funkelten, als ein Feuerwerk der Gefühle in Marie aufloderte. James' Finger stimulierte sie, nachdem er über ihre Hand gespritzt hatte. Beide ertranken in den Gefühlen des anderen und nun wusste Marie auch, dass sie sich in James verliebt hatte. Auch er gestand sich die Gefühle für die dunkelhaarige Frau bald ein und wollte mit ihr den restlichen Urlaub verbringen.

Am nächsten Morgen brachen die beiden allein auf, Linda war schon zurück in Deutschland und heulte sich die Augen in ihrer kleinen Wohnung aus. Doch Marie war begeistert. Das Land war so karg und sandig. Überall kamen sie an Wüstenregionen vorbei, bis sie endlich nach knappen 4 Stunden eine sonnige Oase, die den Namen Walvis Bay trug, am Horizont erblickten. Hier waren der Atlantik und eine riesige Sandbank mit Flamingos, Maries Lieblingstieren. Sie parkten den Jeep am Rand des Ortes und liefen die Strandpromenade entlang. Leider war es nun hell und man konnte sich kein Örtchen suchen, an dem man Sex haben konnte. Wie wäre es vielleicht mit dem Meer, denn hier war niemand, außer den Flamingos.

Diese waren sehr groß und reizvoll, standen auf einem Bein und ließen sich in der Sonne trocknen. Marie ging in einen Supermarkt, holte sich zwei kühle Getränke und erfuhr dabei, dass Alkohol erst nach Sonnenuntergang verkauft werden durfte. Eine sehr komische Regelung war das. In der heißen Sonne von Walvis Bay lagen sie nun vor einer Sandbank und prosteten sich mit dem Erfrischungsgetränk zu. Wie wunderschön war das Land mit all seinen Einwohnern, die sehr gastfreundlich und zuvorkommend waren. James kannte das Land sehr gut, er flog mittlerweile seit einem halben Jahr nonstop für Namibian Airlines und freute sich auf seine Zeit danach, in der er wieder andere Länder kennenlernen würde.

Marie hasste ihren Job. Sie wollte unbedingt etwas anderes in ihrem Leben erreichen, doch was, wusste sie noch nicht. Sie erzählte James davon, als sie nackt auf dem weichen Sand lag und das Meer beobachtete. Da schlug er ihr vor, eine Umschulung als Flugbegleiterin anzustreben. Sie würde es sich überlegen und schauen, was das weitere Leben so brachte. Kinder wollte sie keine, schon seit Anfang 20 hatte sie den Wunsch, aus ihrer Stadt einfach auszubrechen, doch das war bei ihrem Bürojob gar nicht so einfach. Einmal im Jahr einen schönen Urlaub konnte sie sich zwar leisten, doch das auch nur, weil sie mit Mischa zusammengewohnt hatte. Seit sie in ihr eigenes Apartment gezogen war, muss sie mehr Miete zahlen und auch die Ausgaben im Überblick behalten. James war ein Sunnyboy. Er verdiente garantiert viel mehr, als sie sich überhaupt vorstellen konnte.

Er lebte in Frankfurt in der Innenstadt in einer Penthouse-Wohnung und sie hoffte, dass ihre Beziehung auch nach dem Urlaub noch bestehen würde und sie sehen würde, wie er lebte. Ein Leben in Glanz und Glamour, genau das schwebte Marie vor, nicht nur heißen und guten Sex auf verschiedenen Kontinenten und im weichen Sand eines langen Strandes, der aussieht, wie das Paradies, sondern auch Geld zu haben, ohne sich Sorgen zu machen, dass einen die nächste Shoppingtour in den Ruin treibt. Wieso hatte sie solch ein Leben nicht schon seit einigen Jahren angestrebt und die Veränderung genossen?

Als es schon dämmerte, kamen die beiden in ihrem Hotel an. James erklärte schnell auf Englisch, dass er die Begleitung von Marie ist, nicht Linda, die eigentlich auf dem Zimmerpass steht. Und das war auch gar kein Problem. Die beiden bekamen ihren Schlüssel und eine Karte für die Mahlzeiten des Hauses und so erreichten sie lachend ihr Hotelzimmer. Als sie aus dem Fenster schauten, erstreckte sich das Meer vor ihnen. Es war wunderschön anzuschauen. Die palmengesäumte Promenade, die vielen kleinen Läden, die sich dort entlangschlängelten, und der Duft der Restaurants, der zu ihnen nach oben wehte. Der Balkon war klein, doch der Ausblick grandios. Natürlich gab es auch ein riesiges Bett, weich und heimelig schmückte es den kleinen Raum.

Es gab bald Abendessen und die beiden würden sich danach noch sehr stark amüsieren. Immerhin haben sie die 346 Kilometer heute als anstrengend empfunden. Meistens fallen sie gleich übereinander her, wenn sie irgendwo an einer Stelle allein sind. Es gab jedoch so viel zu sehen und zu entdecken und die karge Landschaft trägt nicht dazu bei, dass man sich irgendwo ungestört fühlt. Nur wenige kleine Bäume und Büsche ragten aus dem Gebirge hervor, welches sie durchfuhren. Ganz Namibia schien nur aus wüstenähnlichen Regionen zu bestehen. Hier in Swakopmund jedoch fühlte man sich wie in einer Oase.

Die Wellen brechen sich am Strand, es gibt eine Seebrücke, an deren Ende ein kleines Restaurant ist, und auch die Stadt mit ihren kleinen Häusern ähnelt Deutschland, denn hier lebten früher sehr viele Deutsche. Auch die zweite Sprache ist hier noch Deutsch, nach Englisch, der Amtssprache im Land. Es ist schon komisch, wie viele Menschen man trifft, die die eigene Sprache sprechen. An den Straßenschildern findet man Namen wie Kirchgasse oder Christus Kirche. Man fühlt sich in eine Zeit zurückversetzt, als Deutschland noch nicht so hypermodern war wie heute. Swakopmund hat sein eigenes Flair. Nur wenige Kilometer außerhalb der Stadt beginnt schon wieder die Wüste. Hier gibt es die Möglichkeit für Paragliding und Wanderungen über die Dünen.

Die beiden Verliebten genossen den Abend im Hotelzimmer, hatten heißen Sex in der Badewanne und fielen dann irgendwann erschöpft in das weiche Bett. Eng umschlungen schliefen sie ein. Am nächsten Tag schien die Sonne wieder unaufhörlich auf das Land und die Wüste schien zu flimmern. Marie hatte zwei Liebeskugeln im Koffer, die sie unbedingt mal wieder ausprobieren wollte. Eigentlich sollten diese sie von ihrem Ex ablenken. Wenn sie sich bewegte, dann hatte sie ein wunderschön gefülltes Gefühl im Unterleib, doch nun war sie gespannt, was James dazu sagen würde. Gemeinsam schlenderte sie mit James zum Strand und dort machte sie vor ihm die Offenbarung. Er wollte ihr den Slip vom Bikini ausziehen und dann zog er die Kugeln aus ihrer Vagina und sie stöhnte leise auf. Er lächelte schelmisch, als sie auf dem Handtuch in der einsamen Bucht lag und einem Akt der Liebe entgegenfieberte. Bewundernswert, was du da bei dir trägst, meinte er. Sie wurde heiß und als er ihr sein Glied entgegenstreckte, konnte sie fühlen, wie sie feucht wurde. Auf einer Decke am Strand von Afrika liebten sich die beiden hemmungslos.

Als sie aufhörten, waren mindestens zwei Stunden vergangen und Marie war müde. Doch sie wollten nicht zurück zum Hotel gehen. Es war erst Mittagszeit.

Sie suchten sich ein ruhiges Restaurant in der Nähe ihres Strandes und gingen gemeinsam Essen. Afrika hat seine eigenen Spezialitäten. Leckeres zartes Kalbfleisch mit Spinat und Kartoffeln lag auf ihren Tellern und sie genossen den traumhaften Blick zur Küste. Der Atlantik ist hier sehr wellenreich und wild. „Genauso wild wie James", dachte sich Marie, als sie ihn anschaute. Sie war sich sicher, dass sie ihre Liebe im Leben gefunden hatte.

Bald sprachen sie über ihre Zukunft. Sie war sich sicher, dass sie eine Ausbildung als Flugbegleiterin machen und mit James um die Welt fliegen wollte. Nur so stellte sie sich ihr weiteres Leben vor. Romantisch war der Lunch allemal, denn sie hatten nicht nur einen wunderschönen Blick auf das Meer, sondern wurden auch von sehr sympathischen Afrikanern bewirtet, die ihnen gleich zu Beginn ihres Besuchs eine Kerze auf den Tisch stellten. Liebevoll waren Blumen in der Mitte arrangiert. Man konnte sich hier richtig wohlfühlen. Nachdem sie sich die Bäuche vollgeschlagen hatten und die Müdigkeit über Marie hereinbrach, gingen sie zurück zum Hotel und ruhten sich aus.

Doch der Tag war noch nicht vorbei. Sie gingen auch am Abend wieder in die Stadt und kamen auf einen riesigen Platz, wo viele Landsleute zusammensaßen und ein Feuer brannte. Hier gab es eine große Zeremonie. Eine Ziege hing über dem Grill, viele Menschen saßen zusammen und auch die beiden Verliebten schienen hier willkommen zu sein. Ein afrikanisches Pärchen heiratete an dem Abend. Die Ureinwohner Namibias heißen San und sie haben verschiedene Traditionen für ihre Hochzeit. Nicht etwa Hochzeitskleider oder einen Sakko gibt es, sondern die Braut war in ein Antilopenfell gehüllt und der Bräutigam in das eines Steinbocks. Die beiden Deutschen waren verblüfft. Die San lebten etwas außerhalb der Stadt Swakopmund, wo auch dieser Platz lag, an dem Marie und James nur zufällig bei einem Spaziergang vorbeikamen. Ein riesiges Festessen stand bereit und die beiden waren natürlich als Ehrengäste eingeladen. Noch dazu gab es später einen Tanz nach alten afrikanischen Tänzen. Es war wunderschön. Marie hatte nur ein lässiges Top und einen Minirock an. Eigentlich wollten sie sich einen ruhigen Platz suchen für ihre Liebesspielchen außerhalb des Bettes.

Marie hatte mit Mischa damals in einer Gartenanlage häufig den Sommer verbracht. An einem Abend, kurz nach Mitternacht, waren sie zu einem Spaziergang aufgebrochen, fanden direkt vor der Anlage eine Parkbank, auf der sie sich lieben konnten.

Als Hintergrundmusik quakten hunderte von Fröschen und immer hatten sie die Angst, es könnte gleich ein Kleingartenbesitzer aus deren Anlage vorbeikommen. Spaß gab es hier immer viel, doch irgendwann war die Liebe zwischen den beiden versiegt. Es ging nicht von jetzt auf gleich, sondern war ein sehr schleichender Prozess. Immer weniger verstand Marie ihren Mischa, der sich auch häufig zurückzog und eigene Wege ging. Irgendwann war sie dann der Meinung, dass sie in verschiedene Richtungen strebten und hatte nach einer eigenen Wohnung Ausschau gehalten. Sie hing jedoch noch an ihrem Freund, mit dem sie sieben lange Jahre zusammen gewesen war. Nun war sie schon seit einem halben Jahr allein.

Vor der Reise hatte sie noch angenommen, etwas für Mischa zu empfinden, doch nun wusste sie, dass sie sich in James verliebt hat. In James und seine Liebeskünste. Er hatte immer wieder neue Techniken auf Lager, konnte sich behaupten und fand neue Locations, wie den Strand oder die Badewanne, doch auch die Haube des Jeeps wollten beide noch ausprobieren. Doch das wäre dann erst in zwei Tagen der Fall, auf der Safari. Liebevoll streichelte sie James über die Schulter, der sie zum Tanzen aufforderte. Sie war in Gedanken gewesen und kam nun auf den Boden der

Tatsachen zurück. James und Marie erlebten einen unvergesslichen Abend und aus Spaß sagte er ihr, wenn er sie einmal heiraten würde, dann nur in Tradition der San. Sie wollte jedoch keinesfalls ein Antilopenkostüm tragen. Vielleicht kann man eine solche Hochzeit auch ein bisschen abwandeln. Liebevoll kniff er sie in den Po, als sie sich auf den Weg zurück zum Hotel machten. Erst gegen Mitternacht fielen sie erschöpft in ihr Bett. Diesmal gab es keinen hemmungslosen Sex, denn am nächsten Tag wollten sie einen Ausflug machen.

Am nächsten Tag, dem wohl letzten in Swakopmund, bevor es dann weiter auf die Safari gehen sollte, machten die beiden Verliebten eine Radtour quer durch die Stadt. Sie wollten von der Innenstadt nach Kramersdorf fahren und von dort aus zu einem Meeresaquarium direkt an der Küste. Das Dorf wird von vielen Deutschen bewohnt und ist ein Stadtteil von Swakopmund. Hier gibt es architektonisch reizvolle Häuser und kleine verträumte Gassen. Direkt dahinter beginnt die Wüste.

Die beiden vertrieben sich die Zeit in dem Ort. Mit einem Handtuch im Gepäck fuhren sie bis zum Ortsrand und dann ließen sie die Räder zurück. Sie wollten zu Fuß ein Stück in die Wüste laufen und dort einen Liebesakt im Sand vollziehen. Und genau das passierte in der Mittagssonne nach einem leckeren Milchkaffee in einem der zahlreichen kleinen Cafés von Kramersdorf. Touristen gab es hier jedoch wenige, denn die Stadtmitte war reizvoller als der Ortsteil mit den vielen deutschen Villen und modernen Häusern. Die Desert Breeze Lodge ist das letzte Gebäude, welches vor der großen Sandwüste erbaut wurde. Gleich danach waren die beiden auf weitem Fuß allein im heißen Glanz der Sonne dick eingeschmiert mit Sonnencreme. Sie ließen sich auf die Decke sinken, zogen ihre dünnen Höschen aus und fielen übereinander her. Noch schöner wäre es jetzt, wenn Nacht wäre und die endlosen Sterne über ihnen leuchteten, doch nachts kann es in der Wüste ganz schön kühl werden. Deshalb war die Mittagszeit doch die beste Gelegenheit für den Abstecher.

Marie und James liebten sich sanft, als müssten sie jeden Handgriff für immer in ihren Gedanken festhalten und verankern. Er lag unten, sie oben, als er endlich wieder in sie eindrang. Davor gab es ein Liebesspiel der Sinne, mit allem, was man sich vorstellen konnte. Wie oft die beiden in der letzten Woche miteinander geschlafen hatten, hatte keiner mehr gezählt. Marie überlegte, wieso dieser Mann sie anzog, wie es vorher keiner getan hatte. Auch für Mischa hatte sie nicht so viel empfunden, in all den Jahren nicht. Die Beziehung war eher belanglos gewesen, ein Alltagstrott oder Arrangement zwischen zwei einsamen Menschen. Marie war damals erst Anfang 20 gewesen, noch jung und unerfahren. Mischa dagegen war schon fast 40. Die beiden zogen sehr schnell zusammen, da die Wohnungen in der Umgebung von Frankfurt sehr teuer waren. Marie wollte bei ihren Eltern ausziehen, da sie manchmal Streit mit ihnen hatte und so plätscherte die Beziehung dann vor sich hin.

Die beiden unterschiedlichen Menschen hatte eine kleine Wohnung zusammen, mitten in der Innenstadt von Mainz, und lebten beide ihre Leben. Ab und zu fanden sie einmal zueinander, liebten sich in ihrem Schlafzimmer, doch mehr Erfahrung hatte sie nicht auf diesem Gebiet. Als sie dann Mischa verließ, sammelte sie mit einigen Männern neue Erfahrungen, doch die große Liebe war nicht dabei. Sie behielt den Garten und traf sich da im Sommer mit den Männern in der Laube. Nach Hause nahm sie selten jemanden mit, da sie mittlerweile mit Linda in einer WG zusammenlebte. Wie es nun weitergehen würde mit dieser WG, wusste sie nicht. Vielleicht zog sie zu James nach Frankfurt, doch Marie wollte nicht gleich alles überstürzen und hatte Angst, ihn wieder zu verlieren. Er war nicht nur ein sehr attraktiver Mann, sondern auch ein ganz besonders guter Liebhaber. Sie genossen die flimmernden Nächte am Äquator, gingen sehr häufig an den Strand und liebten sich, wenn sie eine ruhige Ecke fanden, wo sie keiner beobachten konnte.

Als sie die Räder gemietet hatten, wussten sie nicht, wie anstrengend der Trip im Glanz der afrikanischen Sonne sein würde. In der Wüste, weitab von der zivilisierten Stadt, genossen James und Marie dann ihre Pause und fielen übereinander her. Erst eine gute Stunde später, als die Sonne zu heiß wurde, fuhren sie zurück nach Swakopmund und gingen ins National Marine Museum. Hier gab es tausende von Fischarten, die in Europa nicht bekannt sind. Es gab eine große Vielfalt und Farbenpracht aus den Meeren zu entdecken. Rochen, Aale, doch auch tropische Fische hatten hier ihr Zuhause gefunden, unmittelbar in Meeresnähe. Von den Fenstern aus gab es einen wunderbaren Blick zum Strand und auf die Seebrücke und der Abend brach schon herein, als sie ihre Radtour beendeten und die Räder am Hotel abstellten.

Nun wurde es Zeit, die Koffer noch zu packen. Morgen sollte es mit dem Jeep in den Nationalpark Etosha gehen, wo sie in einer Lodge übernachteten. Den letzten Abend schlenderten sie also zur Strandpromenade hinab und genossen die brandenden Wellen, die mit Wucht gegen die Küste klatschten. Das Handtuch, welches sie vor dem Meer ausbreiteten, wurde von der Gischt nass gespritzt. Feucht – wie Marie, wenn sie an James dachte oder sein pralles Glied sah. Sie lagen eng umschlungen am Meer, genossen die Geräusche, die die Wellen verursachten, und küssten sich heiß und innig. An diesem Abend wollten sie keinen Sex haben, sondern einfach nur eng zusammen liegen und die Wunder der Natur auf sich wirken lassen.

Die Safari der Verführung

Schon früh am Morgen wurden die Koffer in den Jeep gepackt und los ging die große Reise über 500 Kilometer von Swakopmund bis zum Eingang des Nationalparks Etosha. Das war das letzte Frühstück mit Meerblick, welches die beiden genießen konnten, bevor sie ihre Reise wieder ins Landesinnere führte. Etosha ist der wohl bekannteste Nationalpark im Land und eine Touristenattraktion der Superlative. Denn hier gibt es nicht nur Tiere, die an Wasserstellen trinken, sondern auch ab und zu eine Lodge, in der die Besucher mitten im Geschehen übernachten können.

Es gibt nicht nur Steppe, sondern auch einen riesigen See, an dem die Tiere ihre Wasserstellen finden, sich in Herden versammeln und von dort aus durch das Land ziehen. In Deutschland sieht man solche Tiere nur im Frankfurter Zoo. Zebras, Antilopen und Giraffen liefen vor dem Auto entlang. Am Eingang mussten die beiden eine Plakette kaufen, damit sie mit dem Jeep passieren konnten. Der erste Weg führte sie am frühen Nachmittag zu ihrer Lodge, die direkt an der Wasserstelle lag. Vom Zimmer aus sahen sie die Tiere zu jeder Tageszeit. Nachts war das Wasserloch beleuchtet, sodass die Gäste ebenfalls einen Blick auf Antilopen und Co. werfen können.

Sie ließen sich erschöpft auf ihr Bett fallen. 500 Kilometer von Swakopmund entfernt tut sich hier eine ganz andere Welt auf. Es ist fast wie im Garten Eden im Paradies, all die Tiere, die hier herumspringen, und der innere Frieden kehrt zu Marie zurück. Die Hektik der Großstädte fiel von ihr ab. Nach der Ankunft der beiden auf der Lodge schliefen sie erst einmal zwei Stunden, doch sie wollten nichts verpassen und die Tierwelt die nächsten 48 Stunden genießen. Um 14 Uhr ging es also weiter. Sie schauten aus den Fenstern und beobachteten die Zebras, die immer noch am Wasserloch verweilten.

Vielleicht kämen die Tiere auch nachts oder das Wasserloch war verlassen und sie würden einen ruhigen Ort finden, um sich zu lieben. Doch vorher gab es noch so viel zu sehen, zu entdecken und zu erleben. James und Marie waren euphorisch. Der Jeep tuckerte los und sie erreichten nach ca. einer Stunde ein riesiges Wasserloch. Hier gab es nicht nur Zebras wie bei der Lodge, sondern auch Elefanten, Nashörner und Giraffen. Selbst ein Löwenpärchen saß faul im Schatten. Schnell nahmen die beiden je einen Feldstecher in die Hand und hielten nach Büffeln Ausschau. Ganz hinten am Horizont schien eine Herde zu stehen.

Und nun suchten sie sich einen ruhigen Baum, fernab von den Tierherden. Eine Absperrung verhinderte, dass die Tiere auf diesen Platz gelangten. Gott sei Dank waren Marie und James die einzigen, die hier ihre Pause machten, denn so hatten sie ihre Ruhe und konnten ungestört ihren Lüsten frönen. Wie im Garten Eden, so fühlte sich Marie, als sie ihr dünnes Höschen von den Beinen streifte. Sie war so heiß auf James. Er nahm seine Hände und strich ihr über die Wangen, er zog sie an den Haaren zu sich heran und fing an, sie wild zu küssen. Es war verführerisch zwischen all den Affenbrotbäumen, die hier wuchsen. Die beiden fielen übereinander her. Er hatte so weiche Hände, die überall auf ihrem Körper zu tanzen schienen. Er strich ihr über die Lenden, die Hüften und fand ihre Vagina, wo er den Finger sanft hin und her bewegte. Und sie schmolz unter seinen Berührungen dahin, wie ein Eis unter der afrikanischen Sonne.

Im Schatten der Bäume entblößten sie sich voreinander und dann gestanden sie sich endlich ihre Liebe. Marie sagte James, dass sie sich ein Leben mit ihm vorstellen könnte und James bejahte dies und wollte endlich mit ihr zusammen sein, nicht nur hier in Afrika, er könne sich auch vorstellen, nach der Reise mit ihr gemeinsam etwas aufzubauen. James holte nun ein Kondom aus der Hosentasche und legte die geschlossene Packung auf das Handtuch. Beide waren auf Hochtouren. Marie spreizte die Beine und empfing ihn in ihrer feuchten Liebesgrotte. Liebevoll streichelte er sie mit dem Finger im Gesicht und sie leckte ihn ab, spürte den salzigen Geschmack von ihrer Feuchtigkeit und liebte die heißen Momente mit ihm. Sie musste ihren Kopf ausschalten und einfach nur an das Hier und Jetzt denken, denn übermorgen ging der Flieger nach Hause.

Zufällig war das auch James Rückflug und von da an würden sich die Wege der beiden erst einmal trennen, denn James hatte erneut am nächsten Tag einen Flug nach Namibia. Wird die Liebe das ewige Reisen durchhalten und würden sie wirklich im Alltag eine Chance haben? Wäre James dazu bereit, mit ihr zusammenzuziehen, oder wäre es nur eine kurze Leidenschaft unter der heißen Sonne Afrikas, die sie zusammengeführt hat und gleich wieder nach ein paar schönen Tagen trennte? Trotz James' Worten hatte sie ihre Zweifel. Eine Trauerstimmung legte sich auf ihr Gemüt. Was würde die Zukunft bringen? Mittlerweile hatte sie schon oft darüber nachgedacht, endlich einen neuen Berufszweig einzuschlagen. Die Arbeit, die sie im Moment machte, war langweilig, und sie hoffte jeden Tag, bald Feierabend zu haben, damit sie sich zu Hause verwirklichen konnte.

Ein Hobby von Marie war nämlich, Ratgebertexte zu schreiben. Sie hatte dafür ein Programm an ihrem PC und immer häufiger loggte sie sich auch auf Arbeit dort ein. Sie wollte ihr Wissen über ferne Länder niederschreiben, denn in den letzten Jahren ist sie mit Mischa sehr viel gereist. Ihr Chef hat sie schon einmal dafür getadelt, dass sie auf Firmen-fremde Seiten zugreift. Seitdem war sie vorsichtiger geworden.

Es war ein großartiges Gefühl, Pläne für die Zukunft zu machen und sich vorzustellen, man könnte immer zusammen reisen. Er als Pilot und sie als Flugbegleiterin in seinem Team. Vielleicht würde ihr nach der verpatzten Beziehung mit Mischa doch ein Tapetenwechsel ganz gut tun.

Nach ihrem Liebesakt hatte Marie so ihre eigenen Gedanken und wirkte abwesend. James lag im Schatten der Bäume und döste vor sich hin. Es war traumhaft im Park und auf einmal kam ein weiteres Auto auf den Rastplatz gefahren und schnell zogen sich Marie und James wieder an und versuchten, den Eindruck zu erwecken, dass sie miteinander redeten. Zwei junge Männer stiegen aus, umarmten sich leidenschaftlich und gaben sich einen Kuss auf die Lippen. Marie lächelte in sich hinein. Einer ihrer besten Freunde war schwul und sie mochte ihn, weil er eine besondere Art hatte und ihr immer zuhörte, auch, wenn sie Kummer mit Mischa hatte. Außerdem konnte man jede Menge Spaß mit ihm haben. Sie jedoch konnte sich so etwas gar nicht vorstellen – mit einer Frau. Es stieg kein heißes Feuer in ihr auf, wenn sie daran dachte, wie sich zwei Lesben mit einem Dildo befriedigten. Doch wenn sie einen Mann in der Stadt sieht, der ihr gefällt, dann denkt sie sich meist heiße Liebesnächte mit ihm aus.

Was machten Frauen zusammen im Bett? Einen Dildo benutzen oder die andere mit dem Finger befriedigen? Sie wusste es nicht. Vielleicht sollte sie es mal googeln, weil es zur Allgemeinbildung gehörte. Das

Pärchen sprach Englisch und fragte, ob sie den Tag genossen hätten. Sie hatten Bier im Wagen und jeder von ihnen brachte den beiden Verliebten ein Bier. Die Männer hießen Sven und Jonas und kamen aus Dänemark. Sie lebten in der Nähe von Kopenhagen auf der Insel Seeland und fuhren jährlich einmal auf einen anderen Kontinent, um die Kultur der Länder zu studieren. Dänemark wäre aber auch ein besonderes Urlaubsland. Sie würden jedes Jahr zweimal im eigenen Land ihren Urlaub verleben.

Vielleicht würde James eines Tages mit ihr nach Dänemark reisen, wenn sie vielleicht einmal eigene Kinder hätten? Wäre das möglich bei seinem Job? Wer weiß, was das Leben so bringt. Mit Sven und Jonas verbrachten Marie und James einige Zeit, bis sie zurück zum Camp fuhren. Sie waren zufällig in der gleichen Lodge untergebracht und würden morgen auch den gleichen Bus nehmen, der die Touristen durch das Camp fuhr. Eine große Safari startete, mit Sonnenaufgang über dem Nationalpark und Lagerfeuer am Abend. Das war dann auch der letzte Tag von Marie und James. Sie fuhren einen Tag später zurück nach Windhoek mit ihrem Jeep und würden wieder 450 Kilometer zurücklegen. Wenn sie eines lernte bei der Reise durch Namibia, dann war es, nicht auf die

Kilometer zu achten. Manchmal fuhr man zur nächsten Stadt schon gute 100 Kilometer durch karge Landschaft und wüstenähnliche Vegetation. Nicht nur das Land war ihr in der letzten Woche ans Herz gewachsen, sondern auch die Liebe hatte Marie wiedergefunden. Nach vielen Jahren gab es nun eine neue Begegnung und sehr viel mehr Leidenschaft als in der alten Beziehung.

Am Abend saßen die vier neuen Freunde zusammen an einem Tisch und freuten sich auf den morgigen Ausflug, den sie zusammen erleben sollten. Dänemark wäre ein Traumziel, meinte Jonas auf Englisch. Dort wären die Strände fast genauso schön, wie hier in Namibia, setzte Sven nach. Weißer Sand und Wellen, die sich am Strand aufbäumten und dann brandeten. „Wie schön", meinte Marie, die sich noch nie über Dänemark Gedanken gemacht hatte. Vielleicht war das Land doch eine Reise wert und sie sollte einmal mit James darüber reden. Sven holte sich einen Cocktail in der Hotelbar und gesellte sich wieder zu den beiden Verliebten. Jonas dagegen flirtete mit dem attraktiven Kellner, der jedoch hetero war und nur für einen Spaß aufgelegt zu sein schien. Marie fühlte sich wohl in der kleinen Gruppe. Es war ein Gefühl, als gehörte sie schon zu einem Team.

Gleich nach dem Urlaub würde sie die Bewerbung bei der Fluggesellschaft von James abgeben lassen und dann würde ihr neues Leben beginnen. Es war für sie wichtig, auch mal unabhängig zu sein. Bis jetzt musste sie dauernd auf andere Rücksicht nehmen. Erst all die Jahre auf Mischa und dann auf Linda, mit der sie zusammengezogen war. Als sich James und Marie verabschiedeten, war es schon fast Mitternacht. Das konnte was geben, schon um 4 Uhr klingelte wieder der Wecker, denn der Bus startete pünktlich zu der Safari und immerhin wollten sie den spektakulären Sonnenaufgang über der Serengeti nicht verpassen.

Schläfrig drückte Marie den Wecker nur 4 Stunden später aus und schälte sich aus dem Bett. James schien hellwach zu sein, was auf seinen Beruf als Pilot zurückzuführen war. Die beiden hatten schnellen Sex unter der warmen Dusche, danach packten sie ihre Rucksäcke, holten sich das Lunchpaket an der Rezeption ab und eilten zum Bus, der schon abfahrbereit stand. Ganz hinten die letzte Reihe sah verlockend aus und Marie konnte noch ein kurzes Schläfchen machen. Dieses war wohl die beste Möglichkeit, damit sie später den Sonnenaufgang nicht gänzlich verschlief. 45 Minuten waren sie unterwegs zu einem Wasserloch, an dem auch schon Elefanten unterwegs waren. Ein kleiner

Dumbo badete gerade darin und füllte immer wieder seinen Rüssel mit Wasser, was er sich dann über den Körper spritzte. Wie niedlich das war.

Der Bus hielt auf seiner Position an und die Gäste machten unzählige Fotos. Der Guide erzählte auf Englisch einige wichtige Dinge, die die Gäste über die Steppe und deren Tierwelt unbedingt wissen sollten. Natur pur war hier angesagt und das den ganzen Tag bis in den späten Abend hinein. Heute Nacht würden Marie und James wieder nur wenige Stunden zur Ruhe kommen, denn sie mussten frühzeitig am Flughafen sein, sodass James seinen Rückflug antreten konnte. Er schien mit wenig Schlaf auszukommen. Sein Leben fand über den Wolken statt und es war nicht selten, dass er 14 und mehr Stunden am Stück mit seinem Co-Piloten verbrachte.

Marie genoss den Blick auf die Tierwelt. Es war exotisch und einzigartig zugleich. Wunderschöne Dinge erfasste ihr Auge. Nachdem die Gruppe einen blutroten Sonnenaufgang beobachtet hatte, fuhr der Bus weiter zu einer kleinen Station mit Kiosk und ein paar dichten Bäumen. Hier sollten sie eine halbe Stunde Pause haben und das Frühstück genießen können. Marie und James waren ausgehungert aufeinander. Sie wollten unbedingt noch einmal miteinander

Sex haben, schönen harten Sex, den sie so schnell nicht mehr vergessen würden. James zog Marie an sich und öffnete ihren BH. Er nahm ihre Brustwarze zwischen die Hände und sie stöhnte leise auf. Er wurde fordernder und fasste mit der anderen Hand unter ihren Rock. Marie schloss die Augen und verschmolz mit James. Die Bäume waren blickdicht genug, dass die Gruppe sie nicht sehen konnte. Bewundernswert streichelte sie James am Oberschenkel, bis er ihre Vulva erreicht hatte. Danach massierte er die Klitoris und Marie stöhnte erneut auf. Er holte ein Kondom aus der Tasche und zog es sich mit geübtem Griff über. Danach drang er stöhnend in sie ein und ergoss sich. Als alles vorbei war, zogen die beiden sich schnell wieder an und rannten zum Bus, der schon wieder abfahrbereit war.

Nun würde die richtige Safari beginnen. Der Bus fuhr über Stock und Stein, die Passagiere wurden richtig durchgeschüttelt und einige Male sah man Elefantenherden vorbeiziehen. Giraffen streckten ihre Hälse nach oben und fraßen das saftige Grün hoch oben an den Ästen der Bäume. Eine kleine Giraffe saugte an der Zitze ihrer Mutter und schmatzte genüsslich. Die Tierwelt war ein wahres Wunder. All das sahen Marie und James vom Bus aus, denn Aussteigen war in diesen

Regionen nicht erlaubt. Auch darf hier kein privater Jeep hinfahren, um die Tierwelt nicht unnötig zu stören. Deshalb mussten sie eine geführte Tour buchen. Sie fuhren stundenlang durch den Park, sahen Löwen, Büffel, Antilopen und sogar ein Nashorn mit seinem Nachwuchs. Die Klimaanlage im Bus machte die Tour erträglich und die Menschen dämmerten zur Mittagszeit vor sich hin.

Auf einmal gab es einen Knall und die Elefanten sprangen auseinander. Dort schienen Wilderer zu sein. Der Bus fuhr direkt auf das Gebiet zu. „Was passiert hier?", fragte Marie entrüstet. James konnte sich nicht zurückhalten. Er sprang zum Reiseleiter und zum Fahrer und fragte auf Englisch, was denn hier los sei. Der Guide wirkte verwirrt. Er tippte auf seinem Handy herum und telefonierte auf einmal. Einige Minuten später erschien ein Streifenwagen der Buschpolizei und die Übeltäter wurden verhaftet. Ein Elefant war Gott sei Dank nicht zu Schaden gekommen.

Die Tiere sind wegen ihres Elfenbeins vom Aussterben bedroht und werden schon seit über 100 Jahren gejagt. Elfenbein ist vor allem auf dem Schwarzmarkt heiß begehrt. Auch Nashörner sind bedroht, denn sie werden meist wegen ihrer Hörner getötet. All das erzählte der Reiseleiter am Nachmittag auf der Rückfahrt. Die Reisegruppe fuhr in ein Camp, wo es ein Lagerfeuer und Abendessen mit leckeren afrikanischen Speisen gab.

Gegen 18 Uhr kam die Gruppe dann auch im Camp an. Leoparden waren hier in einer Anlage eingesperrt. Der Guide erzählte, dass diese gerettet wurden und nun aufgepäppelt werden sollten. Einige wären zu alt, als dass man sie wieder auswildern könnte. Es gab jedoch auch kleine Babys, die bald den Weg in die Freiheit erfahren durften. Hoffentlich würde keiner der Wilderer sie wegen ihres Fells erschießen. Die Welt war grausam, nicht nur bei uns in Deutschland, sondern auch hier in Afrika. Der Mensch eignete sich den Lebensraum der Tiere an und viele frei lebende Tiere verloren dadurch ihre Heimat. Selbst in den Nationalparks traf man manchmal auf Wilderer.

Als die Sonne unterging, saß Marie eng an James geschmiegt auf einer Decke am Boden. Sie hatte einen Teller mit leckerem Antilopenfleisch vor sich. James nahm sie in den Arm und auf einmal wirkte er sehr ernst. „Möchtest du auch den Rest deines Lebens mit mir verbringen, Marie?", fragte er sie. Und dann machte er ihr einen Heiratsantrag. Marie glaubte, sich verhört zu haben. Sie war so viele Jahre mit Mischa zusammen gewesen, doch über Hochzeit hatten die beiden nie gesprochen. Es musste James also ernst sein. Er küsste sie und alle aus der Gruppe klatschten in die Hände. Natürlich würde sie ihn heiraten, denn sie konnte ihr Glück kaum fassen. Den Abend ließen sie ausklingen und fuhren dann ins Camp zurück.

Schon wieder so wenig Schlaf, denn auch am nächsten Morgen standen sie um 5 Uhr schon an der Hotelrezeption und gaben ihre Zimmerschlüssel ab. Noch einmal knapp 500 Kilometer, zurück nach Windhoek, lagen vor ihnen. Noch dazu muss man sagen, dass in Namibia Linksverkehr gilt, weil es eine ehemalige englische Kolonie ist. James saß die meiste Zeit am Steuer. Er kannte sich sehr gut im Land aus, weil er schon unzählige Male hier war. Wenn er zwei Tage vor Ort freihatte, mietete er sich meist einen Wagen und machte die Gegend um Windhoek unsicher.

Dabei sind ihm viele versteckte Orte vor den Fotoapparat gekommen. Die Zeit bei Namibian Airlines ist etwas Besonderes für ihn gewesen, denn er flog nonstop Frankfurt nach Windhoek und verbrachte viele freie Tage in Namibia. Die anderen Länder lernte er immer nur bei einem kurzen Stopp kennen und dann ging es schon wieder weiter. Hier konnte er sich richtig festsetzen, wie er immer behauptete. Nicht nur das

Land und seine Leute faszinierten ihn, sondern er lernte hier auch noch seine große Liebe kennen.

Pünktlich 10 Uhr kam das Pärchen am Flughafen an. Sie hatten sich schon gestern Abend von Sven und Jonas verabschiedet und die Telefonnummern ausgetauscht. Die beiden Männer würden noch drei Tage im Camp bleiben, bis sie nach Kopenhagen zurückflogen. Marie hatte Kribbeln im Bauch. Fast so wie in Frankfurt, als sie James das erste Mal gesehen hatte.

Sie wusste nicht, was sie tun sollte, vielleicht Linda anrufen. Würde sie ihr verzeihen, dass sie sich in James verliebt hatte und er sich in sie? Ihr gingen 1000 Fragen durch den Kopf und dann verabschiedete sich James von ihr. Er musste zu seinem Arbeitsplatz und einige Dinge klären, nachdem er eine Woche vor Ort frei bekommen hatte. Sie kam sich plötzlich sehr klein und allein vor. Wie konnte sie nur so viele Stunden ohne ihn sein? Ihre Sehnsucht nach dem Piloten wurde immer größer. Als die Wartezeit beendet war und sie nach einem ausgewogenen afrikanischen Menü müde in die Maschine einstieg, legte sich von hinten eine Hand auf ihre Schulter. Sie drehte sich um und sah James. „Möchtest du vielleicht einen Ehrenplatz im Flugzeug haben?", fragte er grinsend. Ihr ging ein Schauer durch den ganzen Körper. Sie war heiß auf

James. Sie wollte ihn berühren und mit ihm allein sein, doch so viele Menschen waren um sie beide herum. Er nahm sie bei der Hand und sie folgte ihm, wie ein Schaf dem Hirten.

Auf einmal machte er die Kabinentür auf und lotste sie auf den Sitz zwischen dem Piloten und dem Co-Piloten. „This is Marcus", sagte er auf Englisch. „He's my assistent today!" Marie setzte sich neben James und die vielen Instrumente vorn im Cockpit beeindruckten sie. Als sie auf dem Sitz zwischen den beiden Männern saß, war sie die Ruhe in Person. Sie wollte nur schlafen und wenn sie aufwachte, wären sie in Frankfurt. James sagte ihr, dass er einen Flug für morgen auf dem Plan hatte. Er würde also am nächsten Tag schon wieder nach Windhoek aufbrechen. Sie war traurig, als er ihr einen Schlüssel in die Hand gab. „Wenn du Sehnsucht nach mir hast, hier ist mein Wohnungsschlüssel, die Adresse habe ich dir gegeben".

Nach 14 Stunden im Cockpit landete James die Maschine sicher auf dem Frankfurter Flughafen. Marie und er gingen gleich in seine Wohnung, legten sich ins Bett und schliefen 7 Stunden. Danach dinierten sie in einem noblen Restaurant. Am nächsten Morgen musste James früh aufbrechen. Er war ausgeschlafen und Marie begleitete ihn noch bis zum Flughafen. Im

Anschluss daran nahm sie die S-Bahn und fuhr nach Mainz zurück. Sie hatte seine Handynummer und schon in der Bahn kam die erste Nachricht.

James: „Ich verzehre mich nach dir, du heiße Frau, warte nur, wenn ich am Freitag zurück bin, dann werde ich dich wieder nehmen, von hinten, von vorn oder sonst wie, Hauptsache, ich fülle dich richtig aus!"

Marie schauderte. Sie würde ihn vermissen, doch die SMS machten es erträglicher. Als sie zu Hause ankam, lag Linda auf der Couch. „Wir müssen reden", waren ihre ersten Worte und schon setzte sie sich zusammen mit Marie an den Tisch ihrer gemeinsamen Küche. Es tat Linda leid, dass sie einfach so überstürzt abgereist war, doch es war wohl das Beste für alle, denn als sie James in dem Restaurant gesehen hatte, sind alte Wunden wieder aufgerissen. Sie hatte auf dem Rückflug einen charmanten Mann kennengelernt, Rüdiger, und in der letzten Woche hatten sie sich jeden Tag getroffen. Rüdiger war auch aus Mainz und hatte geschäftlich in Namibia zu tun. Eine Nacht hatten sie schon zusammen in der WG verbracht. Marie atmete leise auf. Gott sei Dank nahm Linda ihr das mit James nicht übel. Sie könnte sie also auch zur Hochzeit einladen und natürlich auch Rüdiger. Alles würde gut werden. Als sie auf ihr Handy schaute, sah sie eine Nachricht aufblinken.

James: „Meine heiße Frau, was machst du so im kalten Deutschland und wieso schreibst du mir nicht? Ich hoffe dir geht es gut und du kannst bald wieder in meinen Armen liegen, hast du mit Linda gesprochen? In ewiger Liebe, James".

Marie: „Mein heißer Mann, ohne dich ist Deutschland ohnehin sehr kalt, du fehlst mir, ja, mit Linda habe ich gesprochen, sie hat einen neuen Freund und fühlt sich super, bis übermorgen".

Zwei Minuten später leuchtet eine Nachricht auf.

James: „Ich wäre jetzt gern bei dir, in dir und würde dich zum Höhepunkt bringen, statt den Flieger auf 10000 Meter Höhe. Höhepunkte gibt es genug im Leben, wenn es auch nur Höhenmeter sind. Du wirst sehr weit fallen, das verspreche ich dir, in das Loch der Lust. Bis übermorgen".

Marie grinste wie eine Jugendliche, die ihren ersten Freund gefunden hatte. Nach Mischa dachte sie, sich nie mehr verlieben zu können, doch James war all das, was sie sich immer gewünscht hat, erotisch, liebevoll und treu. Noch dazu war er Pilot und flog in ferne Länder.

Alles hat ein Ende, nur die Wurst hat zwei ...

Marie bewarb sich nach James' Rückkehr aus Namibia bei der Lufthansa und wurde als Flugbegleiterin in eine Ausbildung in Frankfurt geschickt. Neun Monate hatte sie eine schulische Weiterbildung und durfte dann zusammen mit James das erste Mal fliegen. Mittlerweile war er auch wieder von Namibian Airlines zur Lufthansa gewechselt. Endlich könnten sie auch in andere Länder fliegen. St. Petersburg stand auf ihrem Ziel und Marie verlebte eine wunderbar sinnliche Reise mit ihrem Liebsten. Mittlerweile lebten sie zusammen in Frankfurt in James Wohnung, die sich in der Nähe des Flughafens befand. Dagegen Linda, die mittlerweile ihr Studium fortgesetzt hatte, lebte mit Rüdiger in der alten Wohnung. Alles war so, wie es sein sollte.

Marie hatte noch viele schöne Sexabenteuer mit James. Sie genossen ihre gemeinsamen Reisen und flogen zusammen nach Kairo, Peking, Hongkong und in die USA. Fünf Jahre, nachdem sie zusammen gekommen waren, wurde Marie schwanger, hängte ihren Job an den Nagel und auch James blieb auf dem Boden und bekam einen Job am Frankfurter Flughafen. Sie bekamen einen kleinen Jungen zusammen, den sie nach James verstorbenen Vater „Alberto" nannten.

Herstellung und Verlag:

BoD – Books on Demand, Norderstedt

ISBN: 9783754339084

© Mia Rose 2021

1. Auflage

Kontakt: Psiana eCom UG/ Berumer Str. 44/ 26844 Jemgum

Covergestaltung: Fenna Larsson

Coverfoto: depositphotos.com